D1442216

El hallazgo de Franklin

Franklin

Franklin is a trade mark of Kids Can Press Ltd.

Spanish translation copyright © 1999 by Lectorum Publications, Inc.
Originally published in English by Kids Can Press under the title
FINDERS KEEPERS FOR FRANKLIN

Text copyright © 1997 by P.B. Creations, Inc.
Illustrations copyright © 1997 by Brenda Clark Illustrator, Inc.

1–880507–51–X

Printed in Hong Kong

10 9 8 7 6 5 4 3 2 1

Library of Congress Cataloging–in–Publication Data

Bourgeois, Paulette
   [Finders keepers for Franklin. Spanish]
   El hallazgo de Franklin / Paulette Bourgeois ; ilustrado por Brenda Clark ;
traducido por Alejandra López Varela.
     p. cm.
Summary: Franklin finds a camera in the park and must decide what to do
with it.
    ISBN 1–880507–51–X (pbk.)
    [1. Cameras–Fiction.   2. Lost and found possessions–Fiction.   3.
Turtles–Fiction. 4. Spanish language materials.]
    I. Clark, Brenda. II. López Varela, Alejandra.   III. Title.
[PZ73.B642   1999]
    [E]––dc21   98–35248
                                                CIP
                                                AC

El hallazgo de Franklin

Por Paulette Bourgeois
Ilustrado por Brenda Clark
Traducido por Alejandra López Varela

Lectorum Publications, Inc.

FRANKLIN podía atarse los zapatos y contar de dos en dos. Se fijaba en cosas que los demás no veían. Una vez, Franklin encontró un trébol de cuatro hojas, de los que dan buena suerte. Otra vez, encontró las llaves que su mamá había perdido. Pero un día Franklin encontró algo especial.

Franklin caminaba hacia el parque cuando vio
un reflejo azul. Había algo a un lado del camino.
      –¡Oh! –exclamó Franklin–. ¡Una cámara!
      Nunca había encontrado una cosa tan maravillosa.

Franklin miró por el lente.

Imaginó que era fotógrafo como su abuela, quien les había tomado fotos el verano pasado.

—¡Miren el pajarito! —dijo.

Franklin hizo como que apretaba el botón.

Luego se dio cuenta de que alguien ya había tomado una fotografía.

En cuanto llegó al parque, Franklin les mostró la cámara a sus amigos.

–¡Qué bonita! –dijo Alce–. ¿Es tuya?

–No exactamente –dijo Franklin–. La encontré.

Castor se encogió de hombros:

–Si la encontraste, es tuya.

–No le veo el nombre por ningún lugar –dijo Franklin.

–Entonces es tuya –insistió Castor.

–No te la robaste –dijo Alce–. La encontraste.

Sin embargo, Franklin sabía que no debía quedarse con algo que no era suyo.

Decidió que más tarde buscaría al dueño.

En ese momento, Castor puso una cara muy graciosa.
–¡Fantástico! –dijo Franklin.
Y le tomó una fotografía.

–¡A mí también! ¡A mí también! –gritaron Alce
y Conejo.

Sin darse cuenta, Franklin había utilizado todo
el carrete.

Franklin sacó el carrete de la cámara y lo metió en su bolsa de canicas.

—Tendré que comprar un carrete nuevo —dijo.

—¿Te vas a quedar con la cámara? —le preguntó Alce.

Franklin se sorprendió.

–¡Vaya! Casi me olvido de que no es mía –dijo
Franklin–. Será mejor que busque al dueño.

–Quizás el dueño se enoje porque utilizaste la cámara
–dijo Castor.

Franklin tragó saliva. No había pensado en eso.

Franklin no sabía qué hacer. No le gustaba que se enojaran con él.

Franklin se quedó pensativo.

Cuando sus amigos se fueron, volvió a poner la cámara donde la había encontrado.

—Es mejor así —suspiró—. Ahora nadie se enojará conmigo.

Franklin regresó a casa. Su mamá le había preparado su plato favorito.

Después de la cena, el papá de Franklin quería jugar a las canicas. Cuando Franklin abrió la bolsa para sacarlas, el carrete rodó por el piso.

–¿Qué es eso? –le preguntó su papá.

–Pueeees... –dijo Franklin.

Su papá esperó pacientemente la respuesta.

Finalmente, Franklin le contó toda la historia –que había encontrado la cámara, que la había utilizado y que la había vuelto a poner en su sitio.

–¿Así que utilizaste algo que no era tuyo? –le preguntó su papá.

–Pero no lo hice a propósito –respondió Franklin.

–¿Y qué crees que deberías hacer ahora? –le preguntó su papá.

Franklin pensó y pensó.

—Podría buscar la cámara de nuevo y tratar de encontrar al dueño —dijo por fin.

Así que Franklin y su papá fueron a buscar la cámara y colocaron avisos por todo el parque.

Esperaron una semana, pero nadie reclamó la cámara.

Entonces fueron a la estación de policía para informar que habían encontrado una cámara.

Pero nadie la había reclamado.

Franklin llevó a revelar el carrete. Compró uno nuevo con sus ahorros y lo puso en la cámara.

Al día siguiente, las fotos estaban listas.
Franklin vio que había una foto de la familia Mapache.

–¡Ya sé de quién es la cámara! –exclamó–. Mapache debió tomar esta foto antes de perder la cámara. Y, como está de viaje, seguramente no ha visto los avisos.

Franklin le devolvió la cámara a Mapache
y le pidió disculpas por haber utilizado el carrete.

Mapache no estaba enojado. Estaba tan contento
de haber recuperado la cámara que invitó a Franklin
a merendar.

–¡Qué bien! –dijo Franklin, sonriendo.

Y Mapache aprovechó para tomarle una foto.